Zu diesem Titel gibt es Unterrichtsmaterialien
als kostenlosen Download unter www.duden.de/schule.

Nach den seit 1.8.2006 verbindlichen Rechtschreibregeln.

Bibliografische Information der Deutschen Nationalbibliothek
Die Deutsche Nationalbibliothek verzeichnet diese Publikation
in der Deutschen Nationalbibliografie;
detaillierte bibliografische Daten sind im Internet
über http://dnb.ddb.de abrufbar.

Das Wort **Duden** ist für den Verlag
Bibliographisches Institut & F. A. Brockhaus AG
als Marke geschützt.

Redaktionelle Leitung: Eva Günkinger
Lektorat: Sophia Marzolff
Fachberatung: Ulrike Holzwarth-Raether
Herstellung: Claudia Rönsch
Layout und Satz: Michelle Vollmer, Mainz
Umschlaggestaltung: Mischa Acker
Printed in Malaysia

ISBN 978-3-411-70796-6

Lesedetektive

Ein bester Freund mal zwei

Bettina Obrecht
mit Bildern von Daniel Napp

Dudenverlag
Mannheim · Leipzig · Wien · Zürich

Leo hat einen richtigen Freund.

Ganz für sich allein.

Der Freund heißt Mick.

Mick und Leo. Leo und Mick.

Sie sind immer zu zweit.

In der Schule, nach der Schule.

Nur nachts ist jeder zu Hause.

Manchmal hat Leo nachts Angst.

Dann erzählt er Mick später,

was er geträumt hat.

„Die Mondgespenster waren da",

sagt er zum Beispiel.

„Hast du Angst gehabt?", fragt Mick.

Leo nickt.

„Die machen wir fertig", sagt Mick.

4

Mick hat keine Angst
vor Mondgespenstern.
Mick hat nur Angst vor Spinnen.
Leo findet Spinnen gut.
Gute Freunde
müssen nicht die gleiche Angst haben.

Mick und Leo haben Geheimnisse!
Sie kennen einen Baum mit einer Höhle.
Darin brüten Spechte.
Leo und Mick wissen,
wo man das zitronigste Zitroneneis
kaufen kann.
Sie wissen,
wie viel man davon essen kann,
ohne Bauchschmerzen zu bekommen.

Sie wissen auch,
wie man den dicken Hausmeister
ärgern kann.
Und sie wissen,
wo man sich versteckt,
wenn man den dicken Hausmeister
geärgert hat.

Da zieht neben Micks Haus
eine neue Familie ein.
Eine Familie mit einem Jungen.
Er ist so alt wie Mick und Leo.
Als sie auf der Straße Fußball spielen,
kommt der Junge heraus.
„Wollt ihr nicht lieber
mit mir Basketball spielen?", fragt er.
„Mein Vater hat an der Garage
einen Korb aufgehängt."
„Au ja", sagt Mick. „Immer nur Fußball
ist langweilig."

1. Fall: Wo brüten
Spechte?

in Erd-
höhlen

„Ich heiße Marco", sagt der Junge.

„Ich heiße Mick", sagt Mick. „Und
das hier ist Leo."

„Ich komme in die 2b", sagt Marco.

„Wir sind in der 2b!", sagt Mick.

Marco strahlt. „Das ist ja toll!

Wir können zusammen zur Schule gehen."

„Au ja", sagt Mick.

 in Stein-
höhlen   in Baum-
höhlen

Marco spielt sehr gut Basketball.
Fast mit jedem Wurf
trifft er in den Korb.
„Super", sagt Mick. „Wie
machst du das?"
Marco lacht.
„Übung", sagt er. „Wenn ihr wollt,
könnt ihr bei mir üben."
Leo schüttelt den Kopf.
Aber Mick ist begeistert.

„Ich übe jeden Tag", verspricht er.

„Au ja!", sagt Marco. „Dann
sind wir eine Mannschaft.
Mick und Marco. Marco und Mick.
Wir passen zusammen.
Unsere Namen fangen beide mit M an."
Sie lachen.
Leo lacht nicht.
Er heißt ja auch nicht Meo.
Aber die Mondgespenster
fangen mit M an.
Hoffentlich sagt Mick nichts
von den Mondgespenstern.

Marco geht ins Haus.

Er sucht die Ballpumpe.

Darauf hat Leo gewartet.

„Gehen wir später zur Spechthöhle?",

flüstert er Mick zu.

Er flüstert,

weil es ein Geheimnis ist.

Es gehört nur Mick und Leo.

„Ja, gut", sagt Mick.

Da kommt Marco zurück.

„Du, Marco", sagt Mick.

„Wir kennen eine Höhle.

Da wohnen Spechte drin.

Möchtest du sie sehen?"

„Au ja!", sagt Marco.

Leo ist bitterböse.

Mick hat das Geheimnis verraten!

Ein richtiger Freund

darf kein Geheimnis verraten.

Leo stupst Mick in die Rippen.

Aber Mick merkt nichts.

„Ich habe noch nie eine Spechthöhle gesehen", sagt Marco aufgeregt.

„Ich weiß nicht", murmelt Leo, „vielleicht haben Spechte Angst, wenn zu viele Menschen kommen."

Aber Mick schüttelt den Kopf.

„Drei sind nicht viele", sagt er.

„Drei sind nur einer mehr als zwei."

2. Fall: Leo ist bitterböse auf seinen Freund, weil er besser Basketball spielen kann.

Die jungen Spechte
sind schon geschlüpft.
Die Eltern bringen Futter.
Es sieht nicht so lecker aus.
Aber Mick ist begeistert.
Marco ist auch begeistert.
Nur Leo freut sich nicht.
Alleine mit Mick
ist alles viel schöner.

 er ihr Geheim-
nis verraten
hat.

 er ihm nichts
vom Eis
abgibt.

„Blöder Marco", denkt Leo.

„Alles macht er kaputt."

Niemals wird er Marco

von den Mondgespenstern erzählen.

„Was hast du?", fragt Mick.

Leo schweigt.

Ein richtiger Freund

muss alles verstehen.

Auch ganz ohne Worte.

Auf dem Rückweg
reden Mick und Marco miteinander.
Sie reden und reden.
Mick und Marco, Marco und Mick.
Leo sagt nichts.
Er tritt mit dem Fuß
nach den Tannenzapfen.
Einen kickt er vor Micks Füße.
Mick kickt ihn zurück.
Gleich geht es Leo besser.

Aber vor seinem Haus

sagt Mick zu Marco:

„Willst du meine Federsammlung sehen?"

„Au ja", sagt Marco.

Immer sagt Marco: „Au ja."

Fällt ihm denn nichts anderes ein?

„Ich kenne die schon", sagt Leo.

Er kickt den Tannenzapfen

ins Gebüsch.

18

Leo kommt nach Hause.

„Wo ist Mick?", fragt Mama.

„Hast du ihn nicht mitgebracht?"

„Nein", murmelt Leo.

„Schade!", sagt Mama.

„Mir doch egal!", sagt Leo.

Er geht in den Garten
und versucht, die Katze zu fangen.
Vielleicht will sie
mit ihm Fußball spielen.
Aber die Katze hat keine Lust.
Sie will nur klettern.
Leo klettert nicht gern.
Er hat ein komisches Gefühl im Bauch.
So ähnlich wie Hunger.
Aber essen hilft nicht.

3. Fall: Leo hat ein komisches Gefühl im Bauch.

So ähnlich wie Hunger.

In der Schule sitzt Mick neben Leo.

Marco sitzt zwei Tische weiter.

Dauernd schreibt Mick

kleine Zettel an Marco.

Marco schreibt zurück.

Mick zeigt Leo die Zettel nicht.

Leo will auch gar nicht wissen,

was auf den Zetteln steht!

So ähnlich wie Wut.

So ähnlich wie Angst.

Aber dann schreibt er selbst
einen Zettel an Mick: „Spielen wir
heute Fußball?", steht darauf.
„Ich will Basketball trainieren",
schreibt Mick zurück.
In dieser Nacht
kommen die Mondgespenster wieder.
Sie spielen Basketball.
Ihre Bälle sind Zitronen.
Und sie treffen jedes Mal.

„Wieso bist du gestern nicht
zum Trainieren gekommen?",
fragt Marco am nächsten Tag.
„Basketball ist blöd!", sagt Leo böse.
„Und Federnsammeln auch.
Überhaupt seid ihr beide blöd."
Leo rennt über den Schulhof davon.

Mick und Marco schauen ihm nach.

„Was hat der denn?",

wundert sich Marco.

„Der ist selber blöd", sagt Mick.

Aber im Bauch hat er

ein ganz komisches Gefühl.

So ähnlich wie Hunger.

Aber essen hilft nicht.

4. Fall: Was sagt Mick über Leo, als er davonrennt?

„Der ist selber schuld."

Leo ist allein zu Hause.

Er langweilt sich.

„Ich langweile mich gar nicht",

sagt er zur Katze.

„Ich kann alleine spielen."

Aber es macht keinen Spaß.

Wie gerne möchte Leo

jetzt mit Mick spielen!

Nur sie beide. So wie früher.

„Der ist selber
blöd."

„Der ist selber
gemein."

Nein, das ist gar nicht wahr.
Leo möchte nie wieder
mit Mick Fußball spielen.
Da kickt er lieber allein
gegen das Garagentor.
Das wummert so schön laut.
Es klingt wie wütender Donner.
Leo braucht Mick nicht.
Mit den Mondgespenstern
wird er allein fertig.
„Ich gehe nie mehr zu dem",
sagt er zur Katze.
„Da kann er lange warten."

Die Katze schaut ihn an.

Sie kratzt sich. Dann geht sie weg.

Leo schaut ihr nach.

„Wenn sie nach links geht,

gehe ich zu Mick", denkt er.

„Wenn sie nach rechts geht,

gehe ich nie wieder hin.

Nie, nie wieder."

Die Katze geht nach rechts.

„Du bestimmst gar nicht", sagt Leo.

Er geht einfach los

in die Richtung von Micks Haus.

Er hat Herzklopfen.

An der Ecke von Micks Straße

kommt ihm Mick entgegen. Allein.

5. Fall: Wie trifft Leo seine Entscheidung?

Er geht einfach los.

„Ich wollte zu dir", murmelt Leo.
„Und ich wollte dich gerade
zu einem zitronigen Zitroneneis
einladen", sagt Mick.
Jetzt weiß Leo endlich,
worauf er Hunger hat:
natürlich auf Zitroneneis!

Er folgt
der
Katze.

Er fragt
seine
Mutter.

Sie gehen zusammen los.

„Weißt du", sagt Mick. „Ich spiele
auch gerne Fußball."

„Ja", sagt Leo. „Aber ab und zu
kann man ruhig Basketball spielen.
Basketball ist nicht ganz blöd.
Und weißt du was?
Ich passe zur Mannschaft.
Marco und Leo hören beide mit o auf."

„Stimmt", sagt Mick. „Und wie geht es
deinen Mondgespenstern?"
„Die machen jetzt Urlaub", sagt Leo.
„Urlaub auf dem Mond."
Sie kichern. Und dann kaufen sie
drei Portionen zitroniges Zitroneneis.

Was sagst du dazu?

Warum möchte Mick Leo zum Schluss zu einem Zitroneneis einladen?

Schreibe deine Geschichte auf und schicke sie uns!
Als Dankeschön verlosen wir unter den
Einsendern zweimal jährlich tolle Buchpreise
aus unserem aktuellen Programm!
Eine Auswahl der Einsendungen veröffentlichen wir
außerdem unter www.lesedetektive.de.

Bibliographisches Institut &
F. A. Brockhaus AG
Duden – Kinder- und
Jugendbuchredaktion
Kennwort: **Bester Freund**
Postfach 10 03 11
68003 Mannheim
E-Mail: lesedetektive@duden.de

Die Duden-Lesedetektive: Leseförderung mit System

1. Klasse · 32 Seiten, gebunden

- Finn und Lili auf dem Bauernhof · ISBN 978-3-411-70782-9
- Nuri und die Ziegenfüße · ISBN 978-3-411-70785-0
- Eine unheimliche Nacht · ISBN 978-3-411-70788-1
- Franzi und das falsche Pferd · ISBN 978-3-411-70790-4
- Ein ganz besonderer Ferientag · ISBN 978-3-411-70795-9
- Das gefundene Geld · ISBN 978-3-411-70799-7
- Amelie lernt hexen · ISBN 978-3-411-70804-8

2. Klasse · 32 Seiten, gebunden

- Die Prinzessin im Supermarkt · ISBN 978-3-411-70786-7
- Auf der Suche nach dem verschwundenen Hund · ISBN 978-3-411-70783-6
- Emil und der neue Tacho · ISBN 978-3-411-70789-8
- Sarah und der Findekompass · ISBN 978-3-411-70792-8
- Ein bester Freund mal zwei · ISBN 978-3-411-70796-6
- Eine Sommernacht im Zelt · ISBN 978-3-411-70800-0
- Das Gespenst aus der Kiste · ISBN 978-3-411-70805-5
- Ein blinder Passagier · ISBN 978-3-411-70807-9

3. Klasse · 48 Seiten, gebunden

- Anne und der geheimnisvolle Schlüssel · ISBN 978-3-411-70787-4
- Eins zu null für Leon · ISBN 978-3-411-70784-3
- Viktor und die Fußball-Dinos · ISBN 978-3-411-70793-5
- Nelly, die Piratentochter · ISBN 978-3-411-70797-3
- Herr von Blech zieht ein · ISBN 978-3-411-70802-4
- Prinz Winz aus dem All · ISBN 978-3-411-70806-2

4. Klasse · 48 Seiten, gebunden

- Der Geist aus dem Würstchenglas · ISBN 978-3-411-70794-2
- Der schlechteste Ritter der Welt · ISBN 978-3-411-70798-0
- Kira und die Hexenschuhe · ISBN 978-3-411-70803-1
- Die Inselschüler – Gefahr im Watt · ISBN 978-3-411-70808-6

Ihre Meinung ist uns wichtig! Wie gefällt Ihnen dieses Buch?
Wir freuen uns auf Ihre Rückmeldung unter **www.duden.de/meinung**

Gefunden!
Knote den Streifen einfach
an das Lesebändchen an
und fertig ist deine Fingerabdruckkartei
für die Detektivfälle!
Für jeden Fall im Buch gibt es einen
Fingerabdruck in deiner Kartei. Diesen
Abdruck findest du bei der richtigen
Antwort im Buch wieder.